AF246110

LA MORT

DE

BADINGUETTE

ET LE

SUICIDE D'OREILLARD IV

PAR

? ? ?

PRIX : 0,10 CENT.

EN VENTE

CHEZ M. GOUZIEN

21, RUE DU CROISSANT, 21

LA MORT DE BADINGUETTE

ET LE

SUICIDE D'OREILLARD IV

Par ???

L'ARRIVÉE A PARIS.

Par le train de six heures, gare Saint-Lazare, une femme, voilée jusqu'au ventre, débarque en compagnie d'un jeune homme complétement rasé et coiffé d'une casquette de marchand de vaches !

La voilette de la dame, d'une épaisseur de drap d'Elbeuf, lui recouvre non-seulement le visage et le cou, mais encore le derrière de la tête ! Cependant, malgré toutes les précautions prises pour la cacher, une mèche récalcitrante, couleur queue de vache indisposée, s'échappe, près de la tempe, de l'étreinte de la voilette.

L'immense salle de l'arrivée est immédiatement remplie d'une odeur nauséabonde qui rappelle à s'y méprendre ce goût de punaise écrasée qui suffoque les odorats les plus solides.

Tout le monde immédiatement tousse, éternue et crache! mais l'air devient bientôt irrespirable à la seconde entrée

du jeune monsieur sans barbe, et c'est avec une vélocipé-
dité incroyable que chacun se précipite au grand air. Les
deux voyageurs semblent n'avoir pas conscience du ma-
laise produit par leur présence! Ils jettent autour d'eux un
regard inquiet.

Ils semblent attendre quelqu'un.

La dame mystérieuse fait un signe à son compagnon
qui porte vivement la main à sa toque et rabat les oreillettes. Après bien des efforts, il parvient à cacher à peu près
deux centimètres des oreilles dont la nature l'avait si lar-
gement gratifié !

— Tu as eu tort, bébé, dit une voix tremblante, de ne
pas avoir fait faire les oreillettes de ta toque plus larges !
C'est imprudent ! on pourrait te reconnaître !

— Dam ! m'man, je les ai bien commandées très-vastes...
mais y paraît que le chapelier il a dit comme ça qu'il n'a-
vait pas assez de drap à sa disposition.

— Alors relève le collet de ton paletot... mon chéri...

— Oui, m'man...

Et, en voyant les efforts que fait son rejéton pour cacher
sa difformité..., l'inconnue est prise d'un mouvement d'im-
patience et murmure :

— Ah çà, mais, pour qui donc ai-je pu avoir un regard
pendant ma grossesse ?...

La vue d'un âne qui passe... lui fait détourner la tête et
c'est en soupirant qu'elle dit à son fils :

— Je ne vois personne, mon chérubin, le Vice nous
avait cependant bien assuré qu'il nous attendrait à la
gare !

A ce moment, un énorme Auvergnat, habillé comme un
porteur d'eau, joufflu, ventru et poilu, s'avance prudem-
ment, en soufflant devant lui comme pour en chasser

l'air, jusqu'au groupe odoriférant, et mettant la casquette à la main et un doigt sur les lèvres, il laisse échapper ces mots :

— Hop ! du leste ! mes fistons... tout est prêt... la voiture est là...

L'inconnue va pour parler... mais l'auverpin l'entraîne vivement en disant :...

— J'arrive un peu en retard... mais c'est la faute du Grand-Gueulard qui s'est amusé à se disputer avec un cocher de vidange qui s'était permis, en passant, un mot sur sa binette.

— Comment, le Grand-Gueulard est donc là ?...

— Mais oui... il est sur le siége...

C'est lui qui va nous conduire... déguisé en cocher.

— Comment, il est là, dit l'inconnue, en défaillant... il est là... et vous ne me le disiez pas tout de suite ! Ah ! tais-toi, mon cœur, tais-toi !

— Silence, madame, plus bas ! il y a temps pour tout, le moment n'est pas à la cascade.

L'inconnue est arrivée près de la portière tout ouverte... Elle va monter.

— Tiens.... mais où est donc mon fils chéri ?...

Elle se retourne ainsi que l'Auvergnat, et ils aperçoivent le jeune homme à la casquette de marchand de vaches, en train de faire des efforts inouïs pour retirer ses oreilles accrochées et enchevêtrées dans le bec de gaz de la porte de sortie.

L'Auvergnat s'élance et décroche le malheureux, et le dépose, presque évanoui, à côté de sa mère, après l'avoir fait passer en biais par la portière ! puis, avec l'agilité du chat, grimpe à côté du cocher, et avec un galop d'enfer la voiture disparaît dans la direction des quartiers chics.

LA NUIT DU 14 OCTOBRE.

La voiture pénètre immédiatement dans une des principales maisons du faubourg Saint-Germain.

Les grandes portes, ouvertes à deux battants, se referment immédiatement sur le véhicule, et là, dans la cour, cocher, porteur d'eau et voyageurs se livrent aux plus doux épanchements...

Le cocher... bécotte... respectueusement la voyageuse et l'Auvergnat embrasse timidement le voyageur.

Le cocher demande à renouveler la consommation pendant que l'Auvergnat se livre à un travail opiniâtre d'écartement d'oreilles pour parvenir à embrasser l'inconnu sur la seconde joue.

Enfin, ils se rendent au grand salon où les attend une nombreuse société.

Mais pour cela l'inconnue désire monter par l'escalier de service...

Sur la remarque du porteur d'eau que le petit ne pourra jamais passer par un chemin aussi étroit, le quatuor se décide à gravir l'escalier d'honneur.

Le quatuor pénètre donc dans l'appartement après avoir serré la main de tous les fidèles.

La porte refermée, la scène change tout à coup ! l'inconnue, d'un mouvement brusque, rejette en arrière son épaisse voilette... Le voyageur abaisse son col et lance au loin sa casquette de marchand de vaches... le cocher retire sa livrée... et l'Auvergnat se débarrasse de sa mise de porteur d'eau.

Alors apparaissent triomphalement : 1º les traits peinturés, plâtrés, comestiqués et parfumés de la belle Montijo, ex-impératrice des Français et badingouinètte à perpétuité;

2° le visage idiot et trop échafaudé d'Oreillard IV;

3° La tête en gueule de loup de d'Cassagnac, roi des gueulards, prince des toqués, grand cordon de l'Ordre des Baveux et chevalier de la Légion des Fouinards;

4° La trogne enluminée et accrochecœurée de Rouher, vice-empereur par sa propre nomination et la volonté de lui-même, Français de nom, Auvergnat de naissance et impotent par la grâce du ciel! Gouinard, vantard, gueusard, pillard et gueulard par le fait de la pratique continuelle de la manipulation des ordures de l'empire.

Tous les quatre sont immédiatement entourés, choyés, adorés! et c'est au milieu d'un grand silence qu'Eugénie prend la parole :

— Messieurs, vous le voyez, je suis exacte au rendez-vous.

— Madame, fait Émile Ollivier, dit Cœur-Léger, en tournant les yeux comme une chatte en couche, et en essayant de parler la bouche fermée pour ne pas laisser échapper le goût de fumier qu'elle renferme... madame, nous étions bien inquiets... allez... qu'il ne vous arrivât malheur... un accident inintelligent est si vite arrivé en chemin de fer.

— Merci de ces bonnes paroles, Mimile. Mes amis, comme nous, n'avons pas de temps à perdre... je déclare la séance ouverte; et, pour commencer, mon chien chéri va vous prononcer le petit discours qu'il a échafaudé en votre faveur.

— Nous écoutons, madame, et c'est toujours avec un sensible plaisir que nous entendrons les mâles paroles du

mâle jeune homme appelé un jour à gouverner cette mâle
France qui, nous devons l'avouer, ne possède pas mal
d'imbéciles... mâles.

— Assez, fait une voix de tonnerre, c'est trop long...
le temps presse.

— Allons bon... voilà d'Cassagnac... qui va commencer
à interrompre !...

— J'interromprai si je veux, entendez-vous, hé là-bas,
dans le coin... eh ! fuyard à la manque.

— Qu'est-ce que tu dis... toi... gros croquemitaine ?

. . . .

— Assez, messieurs ! assez ! vous reprendrez cette dis-
cussion à la Chambre ; pour le moment, souvenez-vous
que vous êtes dévant la mère du souverain.

Ces paroles énergiques apaisent ce commencement
d'engueulement et permettent à Oreillard IV de commencer son discours.

Il commence :

— N'étant pas orateur, je me permettrai de lire ce que
j'ai à vous dire et qui est écrit de ma main.

« Mécieux... je serez breffe... comme Pépin...

D'Cassagnac ne peut s'empêcher de crier :

— Ah ! bravo ! bravo !...

« Je cerai breffe, dis-je ! comme Pépin et Loyal...

— Comme le Directeur du Cirque d'hiver ! fait une
voix !

— Non pas d'hiver... de l'Impératrice, fait une autre !

— Pas d'interruption, vocifère-t-on !

— Le moment n'est pas aux calembours ! hurle Rouher.

— D'abord, le premier qui en fait, je le sors, piaille
d'Cassagnac !

Le calme se rétablit.

Le p'tit Oreillard continue :

« Je serai loyal... comme une certaine aipée ! Nous sommes venus, ma maire et mois... c'est-à-dire pour être bien compris... moi et *ma mère !*

— Qu'est-ce qui parle de Mamers, fait un vieux bonapartiste en s'éveillant... qu'est-ce qui parle de Mamers ?

— Et ta sœur ! répond d'Cassagnac, fiche-nous la paix !

— Assez, messieurs, assez, dit le petit Oreillard ! par grâce laissez-moi continuer :

« — Nous sommes venus, redis-je a faim d'ascisté de « plus près à l'acte si stupide des élections, qui, cependans « dois ramener sur le traune Empirique de France notre « nauble race ! et savoire immédiatement le resulta des « vautes ? »

— Bravo ! Bravo ! Bravo !

— Comme il cause bien !... Quelle noble tournure dans le style !... On croirait entendre son père !...

— Lequel ?... fait une voix qui passe inaperçue.

Oreillard IV continue :

— « Gomme vous le savais, je ne çuis pas du bois dont « on fait les flûtes, mois... je çuis bien bâti d'airain ! »

— Bravo ! Bravo !

— Tout le monde sait, sire, — se permet de dire un enthousiasmé qui a mal compris, — qu'en fait de reins en politique votre mère les a solides !

— Merci... pour cette bonne parole, mon vieil ami ! s'empresse de dire Badinguette, mais le temps n'est pas aux compliments... laissez continuer... le vainqueur de Sarrebruck !

Le fils de la noble Eugénie continue :

— « J'arrive donc à c' que je voulez vous dire... Au-

« jourd'hui... s'est jouée la dernière partie des Bonapar-
« tiste dont je çuis le cheffe par intérim ! Eh bien, nous
« sommes décidés, petite maire et mois, si les imbésiles
« de Français ne vautes pas pour la dynasties des Napo-
« léon, de disparaître à tous jamais du monde des gran-
« deurs couronnés, diadêmés, crachatés et trônerés !

— Ah ! çà, mon prince, s'écrie Rouher avec l'accent de
Dupuis dans les *Charbonniers*, ça..., vous ne le ferez pas !

— Mais pourquoi que je ne le ferai pas ! dit le prince.

— Oui, pourquoi ne le ferions-nous pas ! répète Eugénie... rouge... de colère à la façon de Judic.

— Parce que vous n'avez pas le droit... de disparaître,
dit Rouher, avec l'intonation de Baron.

— Comment ça... pas l' droit... comment ça... insista
le petit Incurable Ier.

— Parce que... parce que... eh bien, parce que si vous
disparaissiez... nous serions forcés de disparaître tous
aussi, et qu'en disparaissant... disparaîtront les houneurs
et les pièces de cent sous !

— Les honneurs !... les pièces de cent sous !... Qu'est-ce
que cela ?... dit amèrement la pauvre veuve !

— Qu'est-ce que c'est que cela ? dites-vous, se met à
beugler d' Cassagnac... mais pauvre femme, sans cela...
nous sommes tous appelés à devenir un jour les piliers
des Carrières d'Amérique !

— Il a raison, dit Emile Ollivier... vous deux disparus...
toute la bande est à la merci de ceux que nous avons toujours tenus courbés sous notre joug... Ils nous repren-
dront ce que nous leur avons pris. Adieu nos propriétés !

— Adieu les émargements !

— Adieu les gratifications !

— Adieu les visites au Trésor !

— Adieu le retour du bâton !

— Adieu tout ! tout ! tout ! reprend le chœur.

— Mais, mes enfants, mes amis, mes frères... reprend énergiquement Eugénie... mais vous ne savez donc pas que si nous ne triomphons aujourd'hui... il nous est impossible de continuer la lutte demain !... Ma caisse est à sec ! mes diamants sont au clou... je n'ai même pu les renouveler... J'ai vendu ma vaisselle de luxe et tout mon linge de corps en toile... tout n'est plus que coton sur moi... Mes matelas ont été transformés en varech... Les quelques centaines de millions que mon pauvre vieux avait su économiser sou à sou à force de privations et de travail, et qu'il avait mis en dépôt en Angleterre, sont complétement boulottés !... Regardez mon porte-monnaie... j'ai encore treize sous... et une mèche de cheveux du pauvre vieux ! — Le petit n'a plus rien à se mettre... regardez ses bottines !... Toutes mes propriétés sont hypothéquées du double de leur valeur, et si ma valetaille mange depuis quinze jours... c'est que nous avons mangé les trois chevaux qui restaient dans nos écuries... Moi-même je n'ai plus que mon râtelier en aluminium pour dimanches et fêtes ! L'aigle en or massif que je voulais garder jusqu'à ma dernière heure est resté en plan à l'*Hôtel des Etrangers* comme payement. — Vous tous même... vous êtes pourris... de dettes... et le crédit va nous être complétement coupé ! Tenez, d'Cassagnac, mon Paul lui-même a été forcé de vendre des photographies... Il est vrai que cela n'a pas pris... — Devant cette position, il n'y a donc, je le répète, qu'à attendre la victoire... le triomphe... ou la mort !

Alors tout le chœur se remet à hennir :

— Rassurez-vous... nous aurons la victoire... nous aurons le triomphe! et nous vivrons!

. . . .

A ce moment des bruits de pas se font entendre dans le grand escalier: — Il est cinq heures du matin!

La porte s'ouvre violemment, et deux hommes en costume d'employés du télégraphe pénètrent dans le grand salon.

Tout le monde les entoure aussitôt, et au milieu d'un tohu-bohu général, on entend un des employés s'écrier :

— C'est le résultat général du vote!

— Instinctivement chacun s'écarte, et un grand silence règne dans la salle.

Alors Eugénie s'avance d'un pas chancelant, appuyée sur une des oreilles de son fils dont le front ruisselle :

— Allons, monsieur l'employé... lisez-nous notre sort.

L'employé tire de sa veste une large feuille de papier et lit:

— ORLÉANISTES : — 11.

D'Cassagnac s'écrie... Ah! décidément ce ne sont pas ceux-là qui ont pris toutes les voix! continuez :

— LÉGITIMISTES : — 44.

— 44 et 11, cinquante-cinq, calcule Rouher... allons, tout va bien; après... après :

— MONARCHISTES : — 45.

— 45 et 45... cela fait cent... ajoute Ollivier... cent de 533... A nous le reste.

— RÉPUBLICAINS : — 325.

— Tout le monde se précipite vers l'employé.

— Ce n'est pas possible! cela ferait : 435... il ne nous resterait guère que 97 voix... Ce n'est pas possible!

— Ces chiffres sont officiels... ils sortent du télégraphe privé du *Figaro*.

— Le *Figaro* est un imbécile, bave d'Cassagnac.

— Mais les Français... sont donc devenus intelligents : non... je me trompe... tout à fait abrutis, bêle Rouher..

— C'est à désespérer de la bêtise humaine.

Et le chœur reprend sur tous les tons :

— Oh ! Badingue, du haut des cieux, ta demeure dernière... protége-nous !

Puis on entend une voix qui murmure :

— Onze... quarante-quatre... quarante-cinq... trois cent vingt-cinq...

— Au secours... à l'aide, s'écrie Oreillard IV, maman qui s'trouve mal !...

— Mes amis... sauvons notre impératrice d'abord, vocifère d'Cassagnac qui s'élance le premier.

En effet... à la nouvelle inattendue des élections, le cœur lui a manqué et sans les oreilles du petit Friquet qui se sont trouvées là par hasard sous sa main, elle serait tombée à la renverse sur le parquet. Enfin, on parvient à lui faire lâcher prise et on la dépose sur un fauteuil.

Elle suffoque ! elle étouffe !

— De l'eau !

— Du vinaigre !

— Des sels !

Chacun va, vient, court... tous perdent la tête...

Rouher a couru vivement comme un fou dans le cabinet de toilette et en sort aussitôt portant triomphalement une énorme cuvette avec son contenu... Il bouscule tout le monde, parvient jusqu'à l'impératrice des incurables, et avant qu'on ait pu comprendre son dessein, verse le contenu de la cuvette dans la bouche ouverte de la pauvre évanouie. Celle-ci fait la grimace et avale.

— Que lui a-t-il donc fait boire? murmurent quelques voix. C'était tout noir.

Mais voilà que la figure d'Eugénie se contracte... les nerfs agissent...

On court chercher un médecin en toute hâte qui arrive aussitôt... Le mal a pris de graves proportions !

L'homme de l'art s'approche de la malade, la regarde un instant et s'écrie :

— Cette femme est empoisonnée.

— Empoisonnée ! comment... mais c'est impossible... c'est...

Le médecin allant à Rouhe" qui gesticule avec la cuvette en voulant répondre à des questionneurs :

— Pardon... monsieur... quel est ce vase?...

— Mais... vous le voyez bien, c'est ma cuvette... ma cuvette avec laquelle j'ai porté secours à... ah !... misérable que je suis... Dans mon trouble je n'ai pas changé l'eau.

— Malheureux !

— C'est l'eau dans laquelle je me suis lavé les pieds !

LE 17 OCTOBRE.

Malgré tous les soins prodigués... l'ex-impératrice succombe!

La majeure partie des assistants s'est enfuie dans toutes les directions de la France.

Seuls... Rouher, d'Cassagnac... Émile Ollivier et quelques fidèles sont restés.

Mais une grave préoccupation les étreint.

Le petit Prince a disparu depuis le matin... Toute la maison a été fouillée... le petit Prince n'a pas été retrouvé...

Tous les trois, ils craignent un acte de désespoir de la part du Pas-Avancé-pour-son-Age!

Il n'y a plus que le grenier à visiter. Ils font un dernier effort, et en se tenant par la main ils pénètrent, en hésitant, dans le logis ordinairement habité par les chats...

A peine entrés, un cri d'horreur leur échappe. Le petit Prince est devant eux... bleu... déjà froid... pendu par les oreilles!

Imprimerie E. Mervaud, à Saint-Germain.